RHINESTONE PUBLISHING

Judith Weintraub

Wegbiegungen

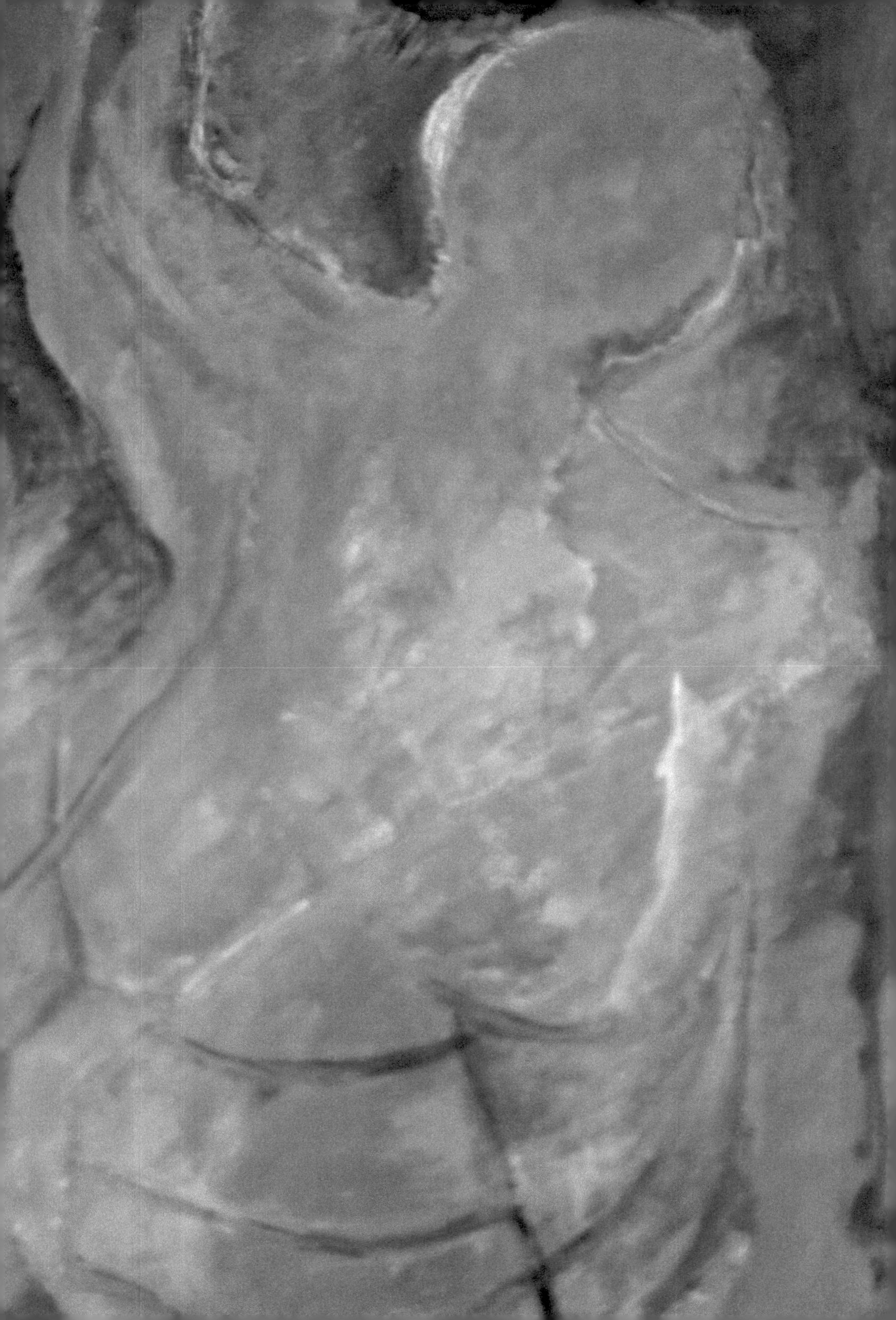

RHINESTONE PUBLISHING

© 2017 Rhinestone Publishing & Judith Weintraub, 2. Auflage 2021 (Schweiz)

Titel: **»WEGBIEGUNGEN«**

Autorin: Judith Weintraub

Verlag: Rhinestone Publishing, Lenzburg (CH)

Fotografie: Judith Weintraub, Martin Natterer

Bilder im Original Öl und Tempera, farbig: Dan Weintraub

Umschlaggestaltung: Martin Natterer, Hintergrundbild: Dan Weintraub, „Die Jakobsleiter" (Ausschnitt)

Lektorat: Martin Natterer; Herstellung: tredition, Hamburg (D)

ISBN

Paperback: 978-3-9525476-4-9

Hardcover: 978-3-9525476-3-2

E-Book   978-3-9525476-5-6

Printed in Germany

Inhalt

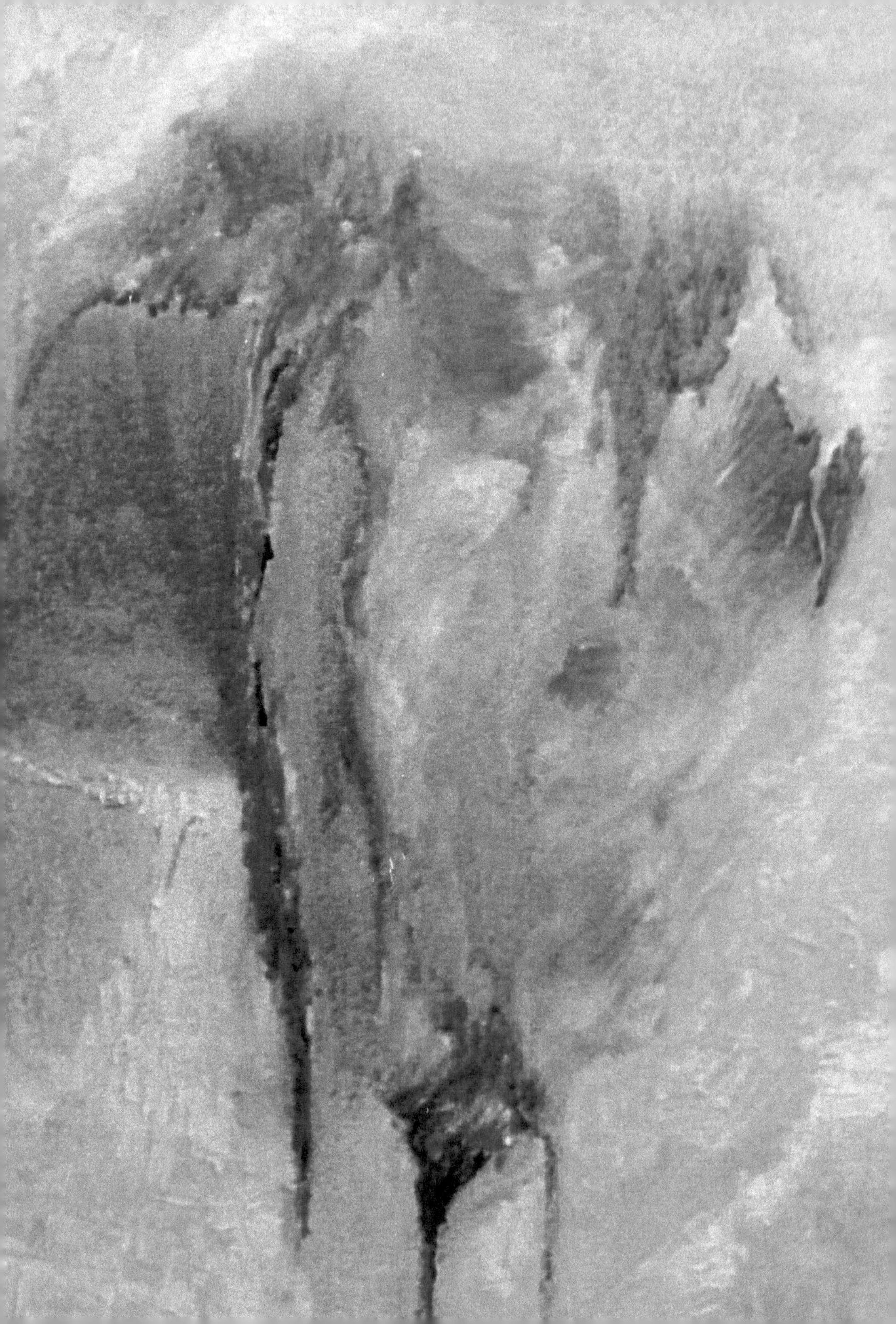

Meinen Kindern

und

meinen Grosskindern

gewidmet

Im Gedenken an

Dudu G. und Dudu I.

Prolog

1946

Die junge Chana, aus einer religiös jüdischen Familie aus Polen stammend, war endlich wieder auf freiem Fusse, nachdem sie viele Jahre Gefangene in einem Arbeitslager in Sibirien gewesen war.

Auch Israel, ihr enger Freund und Geliebter, mit dem zusammen sie Jahre zuvor auf der Flucht in Richtung des gelobten Landes verraten und an der rumänischen Grenze abgefangen worden war, war wieder frei.

Dies aber freilich nur für kurze Zeit. Denn, weil Israel während der Kriegsjahre zum Dienst in der russischen Armee gezwungen worden war, geriet er nach dem Ende des Krieges als feindlicher Soldat in amerikanische Gefangenschaft.

Er konnte jedoch vor Gericht beweisen, dass er Jude und Pole war und nach der misslungenen Flucht nur die Wahl hatte, ins russische Gefangenenlager oder in die russische Armee einzutreten. So wurde er unter Zwang Rotarmist. Und dort, in der Roten Armee, wurde er als Spion eingesetzt, da er mehrere den Russen dienliche Sprachen fliessend beherrschte.

Chana und Israel fanden wieder zusammen durch Informationskanäle zwischen den vielen Vertriebenen. Israel war danach in mehreren Auffanglagern damit beschäftigt, jüdische Gruppen zu bilden und sie auf die Überfahrt nach Israel vorzubereiten.

Nach sechs dramatischen, aber verlorenen Jahren ihres noch jungen Lebens, so hatte Israel diese Jahre selbst bezeichnet, waren sie nun - im Jahre 1946 - erstmals dauerhaft zusammen im Lager Landsberg bei München, wo viele sogenannte »displaced people« auf eine neu ausgerichtete Zukunft hofften.

Chana war damals mit ihrem ersten Sohn schwanger, der in diesem Lager das Licht der Welt erblickte. Erst im Mai 1947, als die Briten

endlich die Einreise jüdischer Überlebender in das englische Mandats-
gebiet genannt Palästina legalisierten, konnte die kleine Familie einen
Platz für die Überfahrt erkämpfen.

In ihrer neuen Heimat gebar Chana dann drei weitere Söhne. Ihr
Zweitgeborener und der erste sogenannte »Sabre«[1] war Dan. Auch
der Staat Israel war noch ganz jung. Chana und Israel, deren Familienmitglieder im alten Europa ermordet worden waren, hatten nun
eine junge, wachsende Familie, lebten, liebten und litten in einem
gleichermassen gedeihenden Lande, das sich bis zum heutigen Tage
nach Frieden sehnt.

Chana und Israel blieben zeitlebens im selben Kibbuz. Für Israel erfüllte sich damit ein ideologischer Lebenstraum aus seinen jungen
Jahren, er blühte auf.

Chana hingegen war für das Kibbuzleben nicht geschaffen, sie ver-
misste ein Familien- und Privatleben, wie es bei ihr früher gewesen
war. Für sie stimmte vieles in der Kommune nicht, vor allem, dass die
Kinder getrennt von ihren Eltern aufwuchsen.

[1] »Sabre«, im Land Israel geborene Juden. »Sabra« ist eine häufig vorkommende
Kaktusfeige in Israel, aussen mit Stacheln und inwendig süss.

Einleitung

Die Geschichte begann nicht außergewöhnlich. Es war im Jahre 1972,
Der Staat Israel war damals erst 24 Jahre jung und im Aufbau. Viele
junge Menschen aus einem Großteil der westlichen Länder reisten in
die Kibbuzim, wo helfende Hände sehr willkommen waren.

Ganz Mutige kamen einzeln, die meisten jedoch in organisierten
Gruppen. So kam auch Sarah. Ihre Schweizer Gruppe war recht
beliebt, die kräftigen jungen Männer und fröhlichen Mädchen waren
fleißig.

An einem Freitagabend, es ist in Israel der Shabbat-Beginn, wurde im
Essraum des Kibbuz zum Volkstanz aufgespielt.

Es war an diesem Abend, als ein junger, braungebrannter Israeli
gleich drei der Schweizer Mädchen zum Feiern einlud. Doch seine
Blicke galten Sarah, die ihrerseits die Augen kaum abwenden konnte.

So begann die Geschichte.

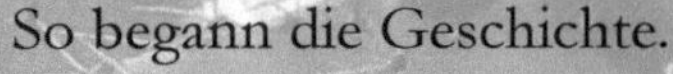

Teil 1

Wechselstürme

»Eierschwämme« im Krieg

Der Tag im Schwarzwald war wunderschön, und die kleine Gruppe fand sogar unzählige Pfifferlinge, die in der Schweiz »Eierschwämme« genannt werden. Dan war begeistert von dieser Fülle und dem starken, herrlichen Geruch.

Die Körbchen füllten sich langsam mit sorgfältig gesammelten Pilzen und die Vorfreude auf ein Pilzgericht am Abend wuchs. Sarah, deren Körbchen bald voll war, setzte sich auf einen Baumstrunk und genoss mit geschlossenen Augen den Duft des moosigen Waldbodens und der Pilze. Ihr Glück war vollkommen, denn Dans Freude war ansteckend.

Sie hatte ihm schon einige schöne Gegenden in der Schweiz zeigen können, ihre Familie und Freunde hatte er kennengelernt, und ihm gefiel dieses so ganz andere und neue Lebensgefühl in der Schweiz. Hatte er doch schon zu Beginn ihrer Bekanntschaft betont, er sei der Europäer seiner Familie, so kam dies nun tatsächlich noch stärker zum Vorschein. Für dieses Urgefühl gab es Grund genug, lebten seine Eltern ja vor dem Krieg in Polen. - Doch dies ist eine andere Geschichte.

Zur grossen Überraschung empfing Sarahs Mutter die jungen Leute abends nicht freudestrahlend, sondern mit sehr besorgtem Ausdruck.

Sie hatte in den Radionachrichten über einen Kriegsausbruch in Israel gehört. Die Meldungen waren zwar ungenau, aber der Genuss des Pilzgerichts war überschattet, Dan wollte mehr und Detaillierteres erfahren, was nicht möglich war.

So verfolgte die Familie jeweils die Radionachrichten, welche nicht wie in Israel, sich stündlich wiederholten. Wozu auch, wie anders und ruhig friedlich war es doch in der Schweiz.

Nach einigen Tagen erst erfuhr man Einzelheiten, Dan erreichte nach vielen vergeblichen Anrufversuchen endlich seine Eltern. Die Telefonverbindung war jedoch äusserst schlecht und nach einigen Sätzen wusste Dan nicht viel mehr, bloss, dass in Israel ein noch nie dagewesenes Durcheinander herrsche.

So blieb seine Unruhe und verschlimmerte sich noch.

Kriegsgeschehen: Oktober 1973

Am 6. Oktober fielen in Israel die Armeen der umliegenden, feindlichen arabischen Länder Ägypten und Syrien ein. Dies an einem Jom Kippur, dem jüdischen Versöhnungstag. An diesem Tag steht im Lande alles still, die Menschen gehen in die Synagogen, auf den Straßen fährt kein Auto, die Radiosender bleiben stumm. Man fastet und bricht das Fasten erst am Abend.

So geschah es, dass die feindlichen Armeen grossen Vorsprung bekamen im Vormarsch, denn bis die Code-Nachrichten im Militärsender gehört wurden, dauerte es. Wertvolle Zeit verstrich, und der Einzug der israelischen Soldaten ging schleppend voran.

Die syrische Armee gewann schnell an Boden in den Golanhöhen und nur wenig fehlte, und sie wären bis zum See Genezareth vorgerückt. In der Wüste Sinai rückten viele starke ägyptische Verbände über den Suezkanal vor und die Kämpfe waren heftig und verlustreich.

Die Bilanz in den ersten paar Kriegstagen waren Tausende verletzte und tote Israelische Soldaten. Und eine Wende des Krieges war nicht in Sicht.

Diese große Panzerschlacht war koordiniert zwischen Syrien und Ägypten. Das Ziel war, die von Israel im Sechstagekrieg 1967 eroberten Gebiete auf dem Golan und die Sinaihalbinsel zurückzuholen und – wie schon zuvor – die gänzliche Vernichtung des Staates Israel.

Hevenu shalom aleichem

Dan, der in der Schweiz eine temporäre Arbeitsstelle begonnen hatte, wurde immer besorgter. Für ihn war klar, dass er seinem Volk und nicht zuletzt seiner Familie beistehen wollte. Sein Platz war in der IDF, der israelischen Verteidigungsarmee.

Als sich die Lage in Israel nicht besserte, entschloss er sich zu einer schnellstmöglichen Rückreise nach Israel. Sarah waren solche Situationen sehr fremd, sie hatte es schwer, den Entschluss zu verstehen und so auch ihre ganze Familie. Viele der Erfahrungen Dans gehörten bis dahin nicht in Sarahs behütetes Leben. Sie und ihre Familie versuchten, Dan zum Bleiben zu überreden, doch ohne Erfolg.

So entschloss sich Sarah, auch mitzufliegen, und noch am selben Abend wurde das Nötigste gepackt. Und Sarahs Mutter gab den beiden genügend Bargeld für die Flugkarten.

Sarah, ihre Schwester und ihr Mann versuchten bis zum letzten Moment, die Reise zu verhindern, doch nichts half. Am Vormittag des 9. Oktober standen Dan und Sarah am Flughafen Zürich, mit wenigen Habseligkeiten im kleinen Koffer und noch ohne Tickets, die »Billete« für den Flug.

Vor dem Schalter der Fluglinie EL AL hatte sich bereits eine lange Menschenreihe gebildet, und nur langsam rückten die beiden vor. Am Schalter angekommen erfuhren Sie, dass es im Flugzeug bloss noch einen einzigen freien Platz hätte. Sarah bestand jedoch darauf, dass Dan nicht ohne sie fliegen würde.

Die Flugpassagiere dieser Maschine waren vorwiegend ältere Menschen. Es wurde deshalb alles versucht, damit Dan mitfliegen konnte, denn jeder junge Soldat wurde an der Front gebraucht. Nach einigem Hin und Her liess man eine ältere Dame in Zürich zurück, damit Sarah einen Sitzplatz fand. Die letzte Hoffnung, dass Dan in der so friedlichen Schweiz bleiben würde, zerschlug sich damit.

Es war ein seltsam ruhiger Flug, auch die sonst oft lautstarken Israelis hielten sich - mit gedämpfter Stimme - zurück. Sarah flog in etwas bisher Unbekanntes, Ungewisses. Sie fürchtete sich nicht, sie war jung und kannte so vieles noch nicht. Dan war in sich gekehrt, tief besorgt um sein Land.

Als bei der Landung der Maschine die Passagiere das Lied *Hevenu shalom aleichem* anstimmten, sahen sich die beiden schweigend an. Gerne hätten sie mit eingestimmt, doch schien ihnen der Liedtext, der den Frieden versprach, zu ungewiss und in dieser dramatischen Zeit beinahe zu euphorisch und überheblich.

In friedlicheren Zeiten ist der Anflug über die Meeresküste Richtung Tel Aviv ein wunderschönes Erlebnis. Vor allem abends, wenn die Lichter der Stadt vielversprechend leuchten, ist die Freude vor der Ankunft im Lande aufregend.

Auch diesmal war der Anflug abends. Die Dunkelheit hatte sich fast ohne Dämmerung auf die Stadt gesenkt. Erst jetzt begriff Sarah die Bedeutung dessen, was sie sah. Es war die Verdunkelung des Krieges, sie hatte Tel Aviv erfasst, die Lichter der Nacht wurden sorgsam verborgen hinter schwarzem Tuch, die Fenster mit Papier verklebt.

Kaum merklich landete die Maschine und die Orientierung im Finstern fiel nicht leicht. Die Passagiere wurden im Bus mit verdunkelten Frontlichtern zur Ankunftshalle gebracht und auch dort wartete bereits die nächste Überraschung für Sarah. Dan war ernst und gefasst.

An einem kleinen Pult, das gleich schon beim Eingang der Halle stand, wurden die drei jungen Männer bereits von den andern Passagieren getrennt. Dans Pass wurde ihm abgenommen, so geschah es auch bei den beiden andern.

Sarah stand ratlos mit einigem Abstand daneben und beobachtete das Geschehen. Sie verstand die Sprache nicht, hörte nur, dass Dan mit dem Beamten noch einiges lautstark zu klären schien. Die Anweisungen des Militärs hatte er bereits bekommen.

Er musste ohne Verzug direkt mit einem Lastwagen in die Armeebasis Ashkelon, wo er Armeekleider fassen konnte und auf den Einsatzbefehl zu warten hatte.

Im Flughafen blieb für Dan bloss ein kurzer Moment, um für Sarah eine Bleibe für die Nacht zu organisieren.

Der Abschied der beiden war kurz, noch viel kürzer als die Zeit der unbeschwerten Tage, die ihnen zuvor in der Schweiz vergönnt waren. Ab diesem Zeitpunkt senkte sich die Geschichte über sie, liess ihnen nur die Wahl, im Strudel zu versinken oder mit zu schwimmen.

Die beiden erwiesen sich als gute Schwimmer.

Tel Aviv – Tivon

Sarah wurde von Hanna abgeholt. Sie fuhren in Hannas Wagen durch die dunklen Strassen Tel Avivs.

Alle Lichter der wenigen Autos, die sich noch bewegten, waren mit blauer Farbe übertüncht, das Fahren somit langsam und beschwerlich. Die Stadt war unheilvoll ruhig. Hanna schüttelte den Kopf und fragte Sarah, wieso sie denn überhaupt zu solchen Zeiten in dieses Land gekommen sei.

Als die beiden in Hannas Heim ankamen, teilte Hanna Sarah ein Zimmer für die Nacht zu. Es war das Zimmer ihres jüngsten Sohnes David, genannt Dudu, der schon seit Kriegsbeginn an der Front war und von dem sie bisher keine Nachricht bekommen hatte.

David (»Dudu I.«) war Dans bester Freund. Die beiden Freunde waren zusammen im obligatorischen Militärdienst gewesen, auch im Offizierskurs sowie im Ermüdungskrieg am Suezkanal 1968 und 1969. Und danach hatten sie eine abwechslungsreiche Europareise unternommen.

Die Nacht in Dudus Bett war für Sarah unruhig, sie sann viel nach und schlief kaum.

Auch sie begann nun, sich die Frage zu stellen, ob sie all dem nun Neuen und Unerwarteten gewachsen sei. Schon die sehr kurzen Stunden in diesem Land im Krieg zeigten ihr, wie unvorbereitet sie doch war und wie beschützt und behütet ihr bisheriges Leben verlief. Alles, was sie bisher gehört oder gelesen hatte, war nicht annähernd selbst erlebt.

Und Sarah verstand, dass sie gar nichts darüber wirklich wusste.

Tags darauf holte Dans Vater Israel sie in Tel Aviv ab und brachte sie nach Tivon, wo Dans Bruder wohnte. Auch er war längst an der

Front und daheim waren die schwangere Frau des Bruders sowie ihre Mutter. Dans Vater machte sich auf den Heimweg in sein Kibbuz, verabschiedete sich mit einem misstrauischen Blick auf Sarah, der besagte: Wird dieses Mädchen durchhalten, oder werden wir mit ihr noch zusätzliche Sorgen haben?

Doch Sarah lernte schnell, ihre Jugend half ihr dabei. Sie lernte, Fenster zu verdunkeln, sich im Beschaffen von Lebensmitteln nützlich zu machen, mit den beiden Frauen den Haushalt zu führen und abends zur oft notwendigen, ablenkenden Unterhaltung beizutragen.

Sie bangte mit um Bekannte, die sie nur durch Erzählungen kannte, sie begleitete die junge schwangere Tirza auf Botengängen, und täglich schauten die beiden mehrere Male beim nahen Postamt vorbei und hofften auf Nachrichten von ihren Lieben an der Front.

Dan war im Süden des Landes, im Sinai, Tirzas Mann im Golan. Ein weiterer Bruder von Dan war in einer Eliteeinheit, ebenfalls im Süden. Genaues wusste man natürlich nicht. Es war die Einheit für Erkundigungsaufgaben, die Soldaten mit den roten Schuhen.

Sarah befand sich in einem Dorf, in dem bloss Frauen, Kinder und noch ältere Männer zurückgeblieben waren. Wie Jehuda, der alte Postbeamte, dessen Aufgabe derzeit besonders schwierig war. Er war der erste, der die dramatischen oder die guten Nachrichten der Soldaten las. Und so empfing er seine Postkunden - die ihm alle bekannt waren - mal froh, mal mit schwerem Herzen.

Sein eigener junger Sohn fiel diesem Krieg zum Opfer, auf den Golanhöhen.

Es war eine Zeit der Unruhe, des Unbekannten, des Handelns, wenn es nötig war, aber auch eine Zeit der tiefen Gespräche, des Zusammen-Weinens und auch des Lachens.

Bei Fliegeralarm sass man gemeinsam ruhig im Bunker bis zur Entwarnung. Man ass versunken trockene Biskuits oder die schwarzweissen Sonnenblumenkerne, die man in der Schweiz den Vögeln im Winter verfüttert.

Man sass vor dem Radio, verschlang Meldungen, die für Sarah auf Deutsch oder Englisch übersetzt wurden. Man wartete auf das Ende des Schreckens.

Mehr und mehr Meldungen kamen von Kriegsopfern, Verlusten. Und noch immer wartete man vergebens auf Erfolgsmeldungen von der Front. Die Zeit verstrich schnell und langsam zugleich.

Dans Bruder konnte zweimal kurze Besuche daheim machen, vom jüngeren Elitesoldaten hörte man nichts und von Dan erreichten sie zweimal kurze Mitteilungen auf sandbeschmutzten Feldpost-Karten.

Und man wartete und hoffte weiter.

Es kam auch vor, dass Dan anrufen konnte. Sarah erkannte seine Stimme durch das äusserst schlechte Telefon im Felde nicht, und so sprach er mit Tirza, der Frau von Dans Bruder.

Dann bekamen sie tagelang keine Nachricht mehr und halfen sich gegenseitig, die Hoffnung zu bewahren.

Erst am 20. Oktober kam ein Anruf von Dan.

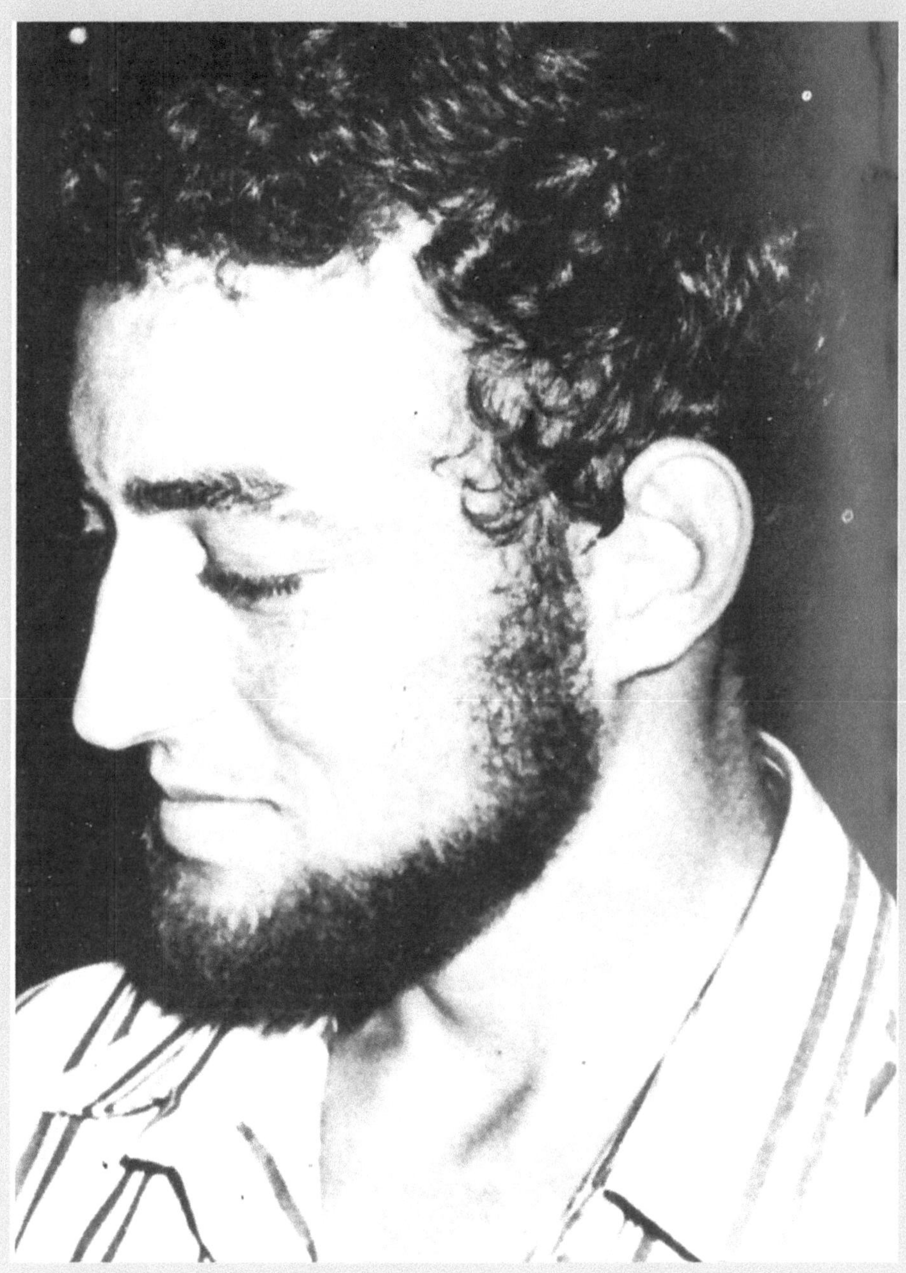

Bild: Dudu I. (1950 – 1973)

Im Beilinson-Spital

Dans Stimme war klar, nicht wie mit dem Feldtelefon. Der Anruf kam aus einem Spital in Petach Tikva.

Dorthin war Dan nach einer Verletzung geflogen und gleich notoperiert worden. Erst als er wieder selbst anrufen konnte, liessen die Ärzte zu, dass er nach Hause telefonierte.

Sarah war glücklich, froh, ihn so deutlich zu hören. Noch ahnte sie nicht, was sie alles erwartete.

Die Familienmitglieder fuhren in Vaters Auto gepfercht ins Spital. Die Stimmung war sehr gedämpft, und niemand teilte Sarahs Zuversicht. Dan lag auf der Intensivstation, sein Kopf war einbandagiert, ein Auge abgedeckt, der Oberkörper lag bloss, da er Verbrennungen aufwies.

Das Personal im Spital arbeitete fast ohne Unterlass, es fehlte an Fachkräften. Immer wieder landete ein Helikopter auf dem Spitaldach, und viele Verletzte wurden von der Front gebracht. Für Sarah war es nicht einfach, das Geschehen zu überblicken. Nun begann die Zeit schnell zu verfliegen, und sie bedeutete schnelle Hilfe, Leben oder Tod.

Dans Mutter blieb mit Sarah im Spital, die andern fuhren zurück. Tagsüber halfen die beiden dem Spitalpersonal nach Kräften, abends fuhren sie zu Bekannten, wo sie dann erschöpft in einen unruhigen Schlaf verfielen.

Am nächsten Tag fuhren sie ins Spital zurück und überwanden den oft nicht ganz einfachen Weg, da derzeit kaum mehr Busse fuhren. Fortbewegen konnte man sich nur per Autostop oder eben zu Fuss. Doch es herrschte auch ein grosses Miteinander, Leute auf der Strasse wurden von Autofahrern gerne mitgenommen. Und auch sonst war man sozusagen ein Volk und eine Seele.

»Roter Tanz in Blau«, Dan Weintraub, 2013

Vorhergehende Doppelseite (38/39): »Dialog«, Dan Weintraub, 2003

»*Simchat Thora*«, *Dan Weintraub, 2010*

»*Die Blume*«, *Dan Wein-traub, 2004*

Auf der neurochirurgischen Abteilung im Beilinson-Spital fiel wiederum viel Arbeit an. Patienten mussten gefüttert werden, man lächelte hier und dort, sprach ein paar Worte mit den Patienten, schob Betten, reichte dies oder jenes, kam kaum zur Ruhe.

Erst nach Tagen bekam Sarah mehr Klarheit über den ernsten Zustand Dans. Nach seiner schweren Kopf- und Augenoperation kam eine Hirnhautentzündung dazu und er schluckte eine unvorstellbar grosse Menge von Antibiotika-Kapseln.

Dans Mutter ging es täglich schlechter und ihre Nerven drohten zu versagen. Bei jeder neuen Helikopter-Landung fiel sie mehr in sich zusammen bis sie Sarah eröffnete, sie wolle nach Hause und nicht länger im Spital bleiben.

Zu jener Zeit holte sie ihre Vergangenheit ein, denn seit Dans Verletzung hatte man die beiden andern Söhne aus der Kampfzone zurückgeholt, ihre Sorge um die beiden war also nicht akut begründet.

Doch die Mutter litt noch immer unter ihren eigenen Erlebnissen aus dem Zweiten Weltkrieg, als sie in einem Gefangenenlager in Sibirien war. Vor ihrer Gefangennahme auf der missglückten Flucht hatte sie alles verloren, Hab und Gut und viel schlimmer noch, die ganze Familie und Verwandtschaft.

Nur sie und ein Bruder überlebten die Vernichtung durch die Nationalsozialisten, Vater, Mutter und Schwester wurden ermordet.

Nie sprach Dans Mutter über all die Schrecken im Krieg, nie fragte man danach, weil man wusste, dass man nicht fragen durfte. Das Erlebte sollte nicht die junge Generation belasten, dies war die Devise der meisten traumatisierten Kriegsüberlebenden des Weltkrieges. Man wollte leben, neue Familien gründen, keine untragbaren Lasten mehr tragen oder weitergeben.

So schwollen die Erlebnisse an, verhärteten sich in den Seelen und Körpern, fanden keine Möglichkeit, sich aufzuweichen oder in der Wirkung zu verringern. Die Traumata setzten sich fest, und die

Kinder trugen die Schwere mit, ohne zu wissen, welche Lasten sie trugen. Keine Tränen flossen ab, zu verstockt war der Fluss.

Sarah blieb im Spital. Der Krieg war seit 24. Oktober 1973 zu Ende und das Land Israel, das kurz davor gewesen war, nicht mehr zu existieren, war einmal mehr gerettet. Dies mit Wundern und leider sehr vielen Opfern. Nichts war mehr, wie es vorher war.

So auch bei Sarah und Dan. Die Hirnverletzung hinterliess Spuren, langsam klärte sich das Bild.

Sarah arbeitete viel auf der Abteilung, sie kannte viele Patienten. Einige hatten ihr Sprachvermögen verloren, so auch ein ranghoher Offizier, der mit dem Rollstuhl oft im Gang war. Sarah ging mit ihm spazieren im Gang, er freute sich sichtlich und Sarah lehrte ihn nach und nach, die einfachsten Worte nachzusprechen. Diese kleinen Erfolge waren in Wirklichkeit so gross.

Da Dans Mutter nicht mehr anwesend war, musste Sarah alleine zu Gesprächen mit dem Arzt über den Zustand von Dan.

Als sie wieder einmal bei Professor d' Israeli sass und zu sprechen begann, merkte sie, dass sie Ivrit sprach, das neue Hebräisch unserer Tage, und dass sie - umgekehrt - auch ihn verstand.

Dies war unerklärlich, kannte sie doch vorher bloss wenige Worte und war noch weit entfernt von Satzbildungen. Von diesem Moment an sprach sie Ivrit, das neue Hebräisch.

Es fiel ihr leicht und sie war dankbar. Sie hatte weder Zeit noch Musse, darüber nachzudenken, was wohl so plötzlich geschehen war, sie nahm es einfach an und freute sich darüber. Vieles ging dadurch einfacher, denn mit der Sprache verstand sie auch die Seele der Menschen besser, so vieles öffnete sich damit.

Sie war keine Fremde mehr, sie war eine des Volkes geworden. Und sie verstand, dass man ohne den Gleichklang der Sprache nie zu ganzem Verstehen kommen kann.

Geschichtliches

Die Soldaten waren Ende 1973 vom Krieg zurück, verstört, geschädigt, und kaum einer, der die Front erlebt hatte, war derselbe wie vor dem Krieg. Das Volk verfiel in eine tiefe Depression, die Haltung der Unbesiegbarkeit war verschwunden.

Israel erlitt in dieser Zeit auch eine sehr starke wirtschaftliche Krise. Die OPEC-Länder straften die westlichen Staaten mit hohen Ölpreisen, was in Europa zur Ölkrise führte (Sonntagsfahrverbote für Autos etc.). Dies, obwohl Europa während des Oktoberkriegs 1973 dem Staat Israel keine Hilfe anbot.

Kein einziges europäisches Land, die Schweiz inbegriffen, hatte den amerikanischen Flugzeugen, die Nachschub an Panzern und Waffen für Israel brachten, einen Zwischenlandeplatz angeboten.

Dans Einsatz

Langsam und bruchstückhaft kam auch all das zum Vorschein, was Dan seit der Ankunft in Israel erlebt hatte.

Er war vom Flughafen in die Basis gebracht worden, wo er den Einsatzbefehl abwarten musste. Er hatte nicht mehr die Möglichkeit gehabt, mit seinen Eltern zu sprechen.

Den Asbest-Kampfanzug hatte er sich erkämpft, es war mühsam, denn nur wenige waren übriggeblieben. Doch er lehnte es vehement ab, mit einem Anzug ohne das schützende Asbest in den Krieg zu ziehen.

Dann kam General Sharons Befehl, eine unendlich lange Rollbrücke durch die Sanddünen zum Suez-Kanal zu schleppen, was sich als unmöglich erwies.

Auch bei der nächsten Aktion war Dan mit dabei, er fuhr mit einem Panzerverband näher zum Suez. Diese Durchgangsstelle wurde von den Ägyptern entdeckt, und daraufhin wurden viele israelische Panzer bombardiert und zerstört, und es gab sehr viele tote und verwundete Israelische Soldaten.

Dan jedoch war vorne, er war nicht getroffen. Und einundzwanzig Panzern sowie vier Schützenpanzern gelang es, bis ans Ufer des Suezkanals vorzurücken und getragen von alten amphibischen Fahrzeugen aus dem Zweiten Weltkrieg nach Ägypten überzusetzen.

Gleich danach wurde jedoch die Überquerungsstelle von den Ägyptern entdeckt und die wenigen Panzer, die auf der Westseite des Suezkanals gestrandet waren, wurden von der heimischen Armee abgeschnitten und standen nun alleine in Feindesland, auf sich gestellt.

General Sharon wurde auf der Ostseite des Suezkanals, an eben dieser Überquerungsstelle, verletzt. Und durch die Bombardierungen starben dort viele israelischen Soldaten.

Dan erzählte später von der Landschaft südlich von Ismayilia. Und wäre nicht Krieg gewesen, er hätte sie als faszinierend beschreiben können.

Alles war dicht bewachsen mit Schilf, ein gänzlich unübersichtliches Feuchtgebiet und für Panzer sehr ungeeignet. Trotzdem drangen sie tiefer in diese Landschaft ein. Es gelang ihnen sogar, ägyptische Lastwagen beladen mit Flugzeugabwehrraketen zu vernichten. Danach war der Weg frei für Israels Luftwaffe, und somit wurde dies die Wende in diesem Krieg.

Golda Meir meldete zu dieser Stunde im israelischen Radio, dass eine israelische Einheit auf der westlichen Suezkanal-Seite tätig ist. Diese Nachricht gab den Menschen in Israel wieder neue Hoffnung.

Einem neuen Befehl zufolge musste die kleine Gruppe eine wichtige Kreuzung kontrollieren. Dies war Dans schrecklichste Nacht. Sie wurden ununterbrochen beschossen von ägyptischer Infanterie. Am frühen Morgen fiel der Kommandeur der Einheit und das Kommando wurde Dan übertragen.

Dan fuhr mit den Panzern zum Wasser zurück, lud Treibstoff und Munition. Weiteren Israelischen Verbänden war es in der Zwischenzeit gelungen, mit Brücken über den Suezkanal nach Ägypten zu gelangen.

Bald danach wurde Dans Panzer von einer Rakete getroffen.

Drei der Soldaten in Dans Panzer rannten um ihr Leben. Dan aber, der schwer getroffen worden war, fiel zurück in den Panzer, er hatte nicht mehr die Kraft, sich selbst hochzustemmen.

Dudu (»Dudu G.«), einer seiner Mitkämpfer im selben Panzer, zählte die flüchtenden Soldaten und sah, dass einer fehlte. Er rannte zurück, half Dan, aus dem Panzer zu klettern und rannte mit ihm zum nächsten Panzer. Von dort aus fuhren sie zum nächstgelegenen medizinischen Sammelpunkt am Wasser.

Dan lagerten sie auf dem Tarnnetz des Tanks. Der getroffene Panzer hinter ihnen loderte bereits lichterloh.

Auch Dudu, der Retter, hatte sich beim Absprung vom Panzer zusammen mit Dan am Bein verletzt. Man flog die beiden ins Beilinson-Hospital.

Die ganze Zeit gelang es Dudu, Dan im Wachzustand zu halten, er sprach zu ihm ohne Unterlass. Bereits am Abend dieses Tages war Dan operiert worden.

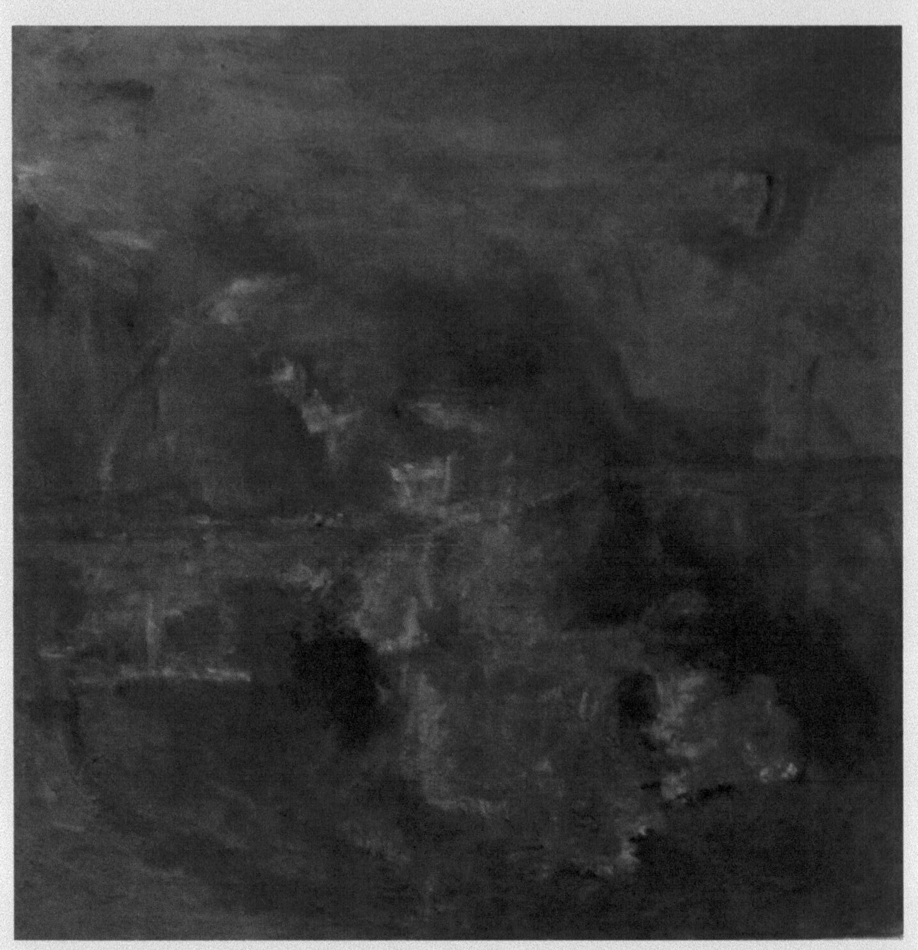

Vom Beilinson-Spital nach
Beit Key

Langsam besserte sich Dans Zustand. Viele Wochen verblieb er im Spital. Sarah war an seiner Seite.

Als sich Dan dazu in der Lage fühlte, wurde den beiden sogar ermöglicht, ein Wochenende in einem wunderschönen Hotel an der Küste Tel Avivs zu verbringen. Sie wurden per Ambulanz dorthin gebracht und wieder ins Spital zurückgeholt.

Doch wie schwierig gestaltete sich nach langen Wochen dieses kleine bisschen Freiheit, ohne den Schutz des Krankenhauses. So ganz auf sich gestellt wurde den beiden bald klar, dass das Alltagsleben nicht mehr so einfach funktionierte. Vieles musste von Dan wieder mühsam erlernt werden, sein Gehirn war schwer verletzt, sein Gedächtnis wies Lücken auf, und Sarah sprang ein wenn immer möglich.

Was mit Dan im Krieg geschah, kam nur langsam und lückenhaft zum Vorschein, er sprach darüber kaum. Das Sprechvermögen in der Muttersprache war zwar längst wieder zurück, hatte er doch unmittelbar nach dem Trauma für eine Weile nur noch Englisch gesprochen.

Dan verfiel nun in kindliche Abhängigkeit und fand nur allmählich wieder in eine Selbständigkeit. Es war der Beginn eines neuen Lebens, behaftet mit vielen Lücken, Andersartigkeiten, körperlichen und mentalen Veränderungen und ständigen Neufindungen.

Es war auch der Beginn von starker Unausgeglichenheit, tiefer Depression und Verzweiflung. Es war für Dan ein Kampf mit sich selbst, einfach um wieder so zu sein, wie und wer er einmal war. Dieser Kampf blieb ohne Erfolg, er musste sich neu erschaffen und fand dazu weder Mittel noch Kraft.

Auch für Sarah begann ein Kampf. Dan war anders, neu, sehr schwierig, nicht mehr zu erkennen. Sie hielt sich an Strohhalmen fest und fiel ohne Halt in das Unbekannte. Sie war ratlos, unerfahren, hilflos und wusste auch nicht, woher sie Hilfe bekommen konnte

Als sie sich noch zusammen in der Schweiz aufgehalten hatten, waren ihre Heiratsvorbereitungen im Gange gewesen. Das war noch so nah und doch so weit weg.

Dan war in der Zwischenzeit ein anderer Mensch geworden, und doch wusste Sarah zu jeder Zeit, dass sie an seiner Seite bleiben würde. Sie waren sich versprochen.

Dan wurde nach seinem Spitalaustritt ins Militärerholungsheim Beit Key überbracht.

Sarah war mit dabei. Man erlaubte ihr sogar, mit Dan im Heim zu bleiben. Dies war eher aussergewöhnlich, und es war auch keine einfache Zeit.

Sarah war die einzige Frau, Nicht-Soldatin, Nicht-Israelin, inmitten der teils schwerstverwundeten, verkrüppelten jungen Männer, der traumatisierten Kriegsopfer, deren Verhalten oft an Wahnsinn grenzte.

Sarah begann sich zu fürchten, erstmals nach all der Zeit war ihre Angst greifbar. Dan vegetierte vor sich hin, bekam keine wirkliche Hilfe, weil keine Hilfe da war. Für Hunderte Soldaten war ein einziger Psychiater anwesend, der sich kaum selbst zu helfen wusste.

Das erschreckendste waren die vielen verstummten, herumschleichenden Kriegsveteranen. Sie drückten sich den Wänden entlang, wichen jedem Gespräch aus und antworteten nie, es war unheilvoll.

Als dann nach Wochen dieser unselige Aufenthalt im Beit Key zu Ende ging, und die beiden entlassen wurden, waren sie erstmal befreit und konnten durchatmen. Sie wanderten viel in den Feldern um Dans Heimatdorf, genossen das satte Grün im winterlichen Israel, die frische Luft. Alles versprach Wachstum.

Dan wollte immer wieder zum Anemonenhügel in der Nähe und die beiden bestaunten die Blumenpracht. Hoch oben kreisten die Zugvögel, Störche, Kraniche, auf dem Weg in den Süden.

Das Leben verlief nun ohne Eile und nur mit dem Ziel, wieder zurückzufinden auf einen Weg, der - auch im übertragenen Sinn - bewandert werden konnte. Denn die gerade Wegstrecke, die gab es nicht mehr, sie war gekrümmt, zerklüftet, überwachsen, überschwemmt.

Dan aber führte einen Kompass mit sich.

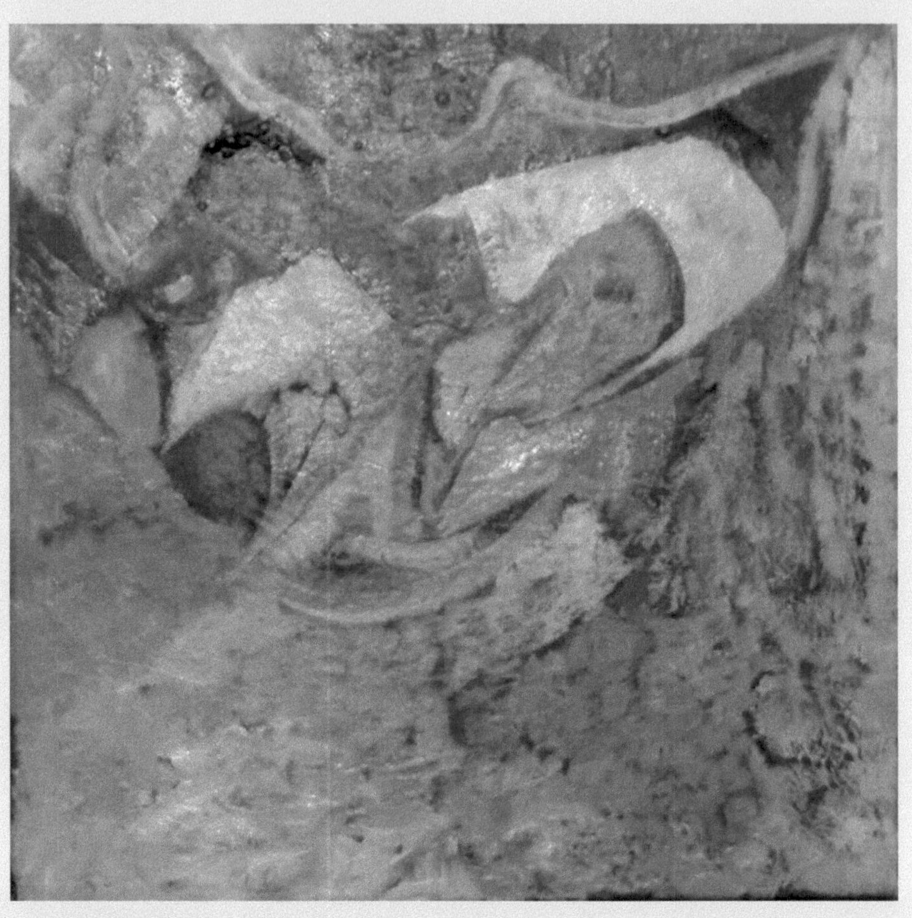

Aufgeschobene Heirat

Die Hochzeitsgesellschaft war klein, ohne Dans Familie, mit Sarahs Mutter und Schwester mit Mann, Sarahs engstem Freundeskreis.

Man hatte sich in einem dörflichen Gasthof getroffen. Der Raum war ziemlich überheizt an diesem kalten Februartag in der Schweiz, die Strassen schlecht befahrbar.

Die geladenen Gäste wirkten etwas bedrückt, blickten ab und zu unsicher zu Dan, der leicht verwirrt mit noch ziemlich geschorenem Kopfhaar am Ende des Tisches sass. Noch zu frisch waren die Wunden.

Kaum jemand sprach Klartext und redete über die ungewisse Zukunft.

Nur Sarahs beste Freundin Vally. Sarah fühlte sich dadurch getragen, und durch Vally erfuhr sie wertvolle Begleitung und sie fühlte sich angenommen.

Zurück in Israel

Ihre Schwester begleitete Sarah mit dem Auto auf der Schiffsreise nach Israel. Dan war bereits zuvor abgereist, sein Studium in Haifa begann.

Auf dem Schiff, einem ziemlich klapprigen italienischen Kahn, genossen die Schwestern all die Abenteuer, die Leichtigkeit, die Menschen mit ihren verschiedenen Geschichten.

Da war die kleine Zypriotin, die jeweils nachts verschwand und tagsüber schlief und ihr besorgter Vater, der seine Tochter krank wähnte.

Da war Josefa, der eigentlich ein Mann war, und der oder die viele Bilder nach Israel einführen wollte.

Dann die beiden älteren Damen, die irrtümlich auf dieser Fahrt gelandet waren, weil sie dachten, es sei eine Kreuzfahrt. Nein, es war eine ganz normale Linienfahrt durch ein winterlich wildes Mittelmeer.

Die meisten wurden seekrank, doch Sarahs Schwester und sie selbst blieben tapfer mit nur noch wenigen Passagieren auf Deck, sassen im Speisesaal an einem einzigen Tisch beisammen und freuten sich noch immer über das herrliche Essen auf See, die Aufenthalte auf den Inseln, die sie sich selbst interessant gestalteten.

Und mit Fahrrädern kurvten sie durch Rhodos und sogen all das Neue ein.

Haifa

Für Dan hatte das Studium an der Universität Haifa bereits begonnen, als Sarah und ihre Schwester eintrafen. Bald stellte sich jedoch heraus, dass das Studieren für Dan nicht mehr so einfach war wie früher. Sarah fand bald eine Arbeit, sie wurde vom Schweizer Konsul, den sie betreffend eines anderen Arbeitsangebotes aufsuchte, gleich abgeworben. Sie arbeitete in einem winzig kleinen Büro, das damals das Konsulat in Haifa ausmachte, zusammengepfercht mit den paar Damen und dem Herrn Weinberg, dem Buchhalter, fortan für den Konsul Terner. Und abends kam täglich der alte Jeke[2] Jakob, der noch kaum ein Wort Ivrit sprach, zum Schreibmaschinen-Reinigen. Er liebte es, sich mit Sarah auf Deutsch zu unterhalten und er bewunderte, dass sie schon so fliessend Ivrit reden konnte.

Er war einer von den vielen Deutschen, die nie Ivrit lernten, die unter sich blieben und sich nur auf Deutsch unterhielten. Dies liess sehr tief blicken, in ihre Sehnsucht nach all dem, was sie verlassen mussten, das einmal ihre Heimat und Kultur war und nicht mehr sein durfte.

Dan musste das Geographie- und Wirtschafts-Studium abbrechen. Man bot ihm sogar eine Möglichkeit, am »Technion« Engineering zu studieren, doch davon machte er keinen Gebrauch. Es war nicht sein Fach und er sah nun, dass all das viel zu früh war nach seiner Verletzung. Der Kopf funktionierte nicht wie zuvor, mental war er nicht derselbe. Hilfe für Hirnverletzte gab es nicht wirklich, und Traumaverarbeitung war kaum bekannt.

Dan hätte viele finanziellen Starthilfen beanspruchen können, suchte jedoch nach anderem, einem Beginn zur Selbständigkeit, der Fähigkeit für ein Leben mit einer Familie, die er sich erträumte. Es folgten weitere Versuche und Umwege. Und alle endeten in einer Sackgasse. Und Sarah wurde schwanger.

[2] »Jeke« werden die deutsch-jüdischen Einwanderer genannt.

Schweiz

Ihr erstes Kind, ein Sohn, wurde in der Schweiz geboren. Die kleine Familie fand Unterschlupf in einer Wohnung von Sarahs Familie. Dan fand auch einen Neurologen, der ihn ausgesprochen hilfreich behandeln konnte. Der Arzt war medizinisch sowie psychologisch vortrefflich geeignet, da er auch geschichtlich sehr interessiert war, teilnahm am Geschehen ausserhalb der Schweizer Grenzen und eben noch von dieser alten Garde stammte, die wusste, wieso der Staat Israel entstand, wieso er entstehen musste.

Das alles war eine Wohltat für Dan, mit seiner eigenen sowie der Geschichte seiner in der Schoah überlebenden Eltern. Nicht oft trafen Dan und Sarah in der Schweiz auf Menschen, die ohne zu urteilen versuchten, die so ganz anderen Geschichten zu verstehen.

Viele wussten scheinbar alles, und sie wussten doch nichts. Und trotzdem waren Dan und Sarah hier geborgen, sie blieben in der Schweiz, und vieles war für sie gut und hilfreich.

Sie waren viel in der freien Natur, fanden liebe Freunde, und sie hatten trotz der Schwierigkeiten oft freudige Zeiten.

Dan fand Arbeit im Spital, war tätig im Operationssaal und in der Notfallaufnahme. Diese Arbeiten, die für einen Hirntraumatiker kaum machbar erscheinen, waren möglich durch zwei äusserst umsichtige Mitarbeiter, einen Pfleger und eine Krankenschwester, die spürten, was es bedeuten könnte, hirnverletzt zu sein, und die spürten, wo Dan Unterstützung brauchte.

Hinzu kam, dass - dank einem Augenarzt, der durch seine eigene Vergangenheit sich dem Volk Israel verpflichtet fühlte - die Mitarbeit Dans bei Augenoperationen möglich wurde. Dies dauerte viele Jahre und brachte grosse Fortschritte. Es änderte sich erst mit den Umstrukturierungen des Spitals und der Pensionierung von Mitarbeitern. Es war wie so oft, es wurde rationeller, aber auch unmenschlicher.

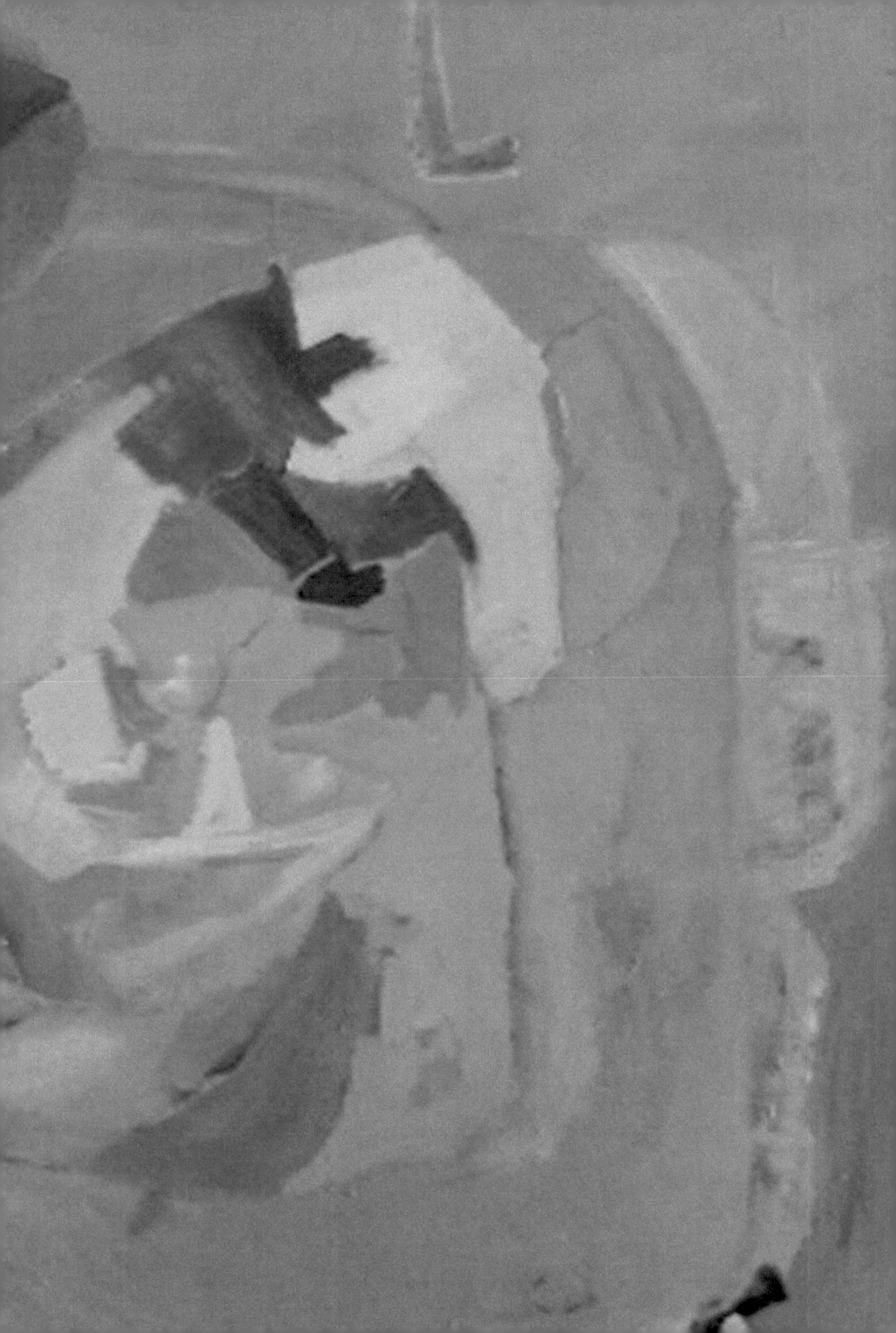

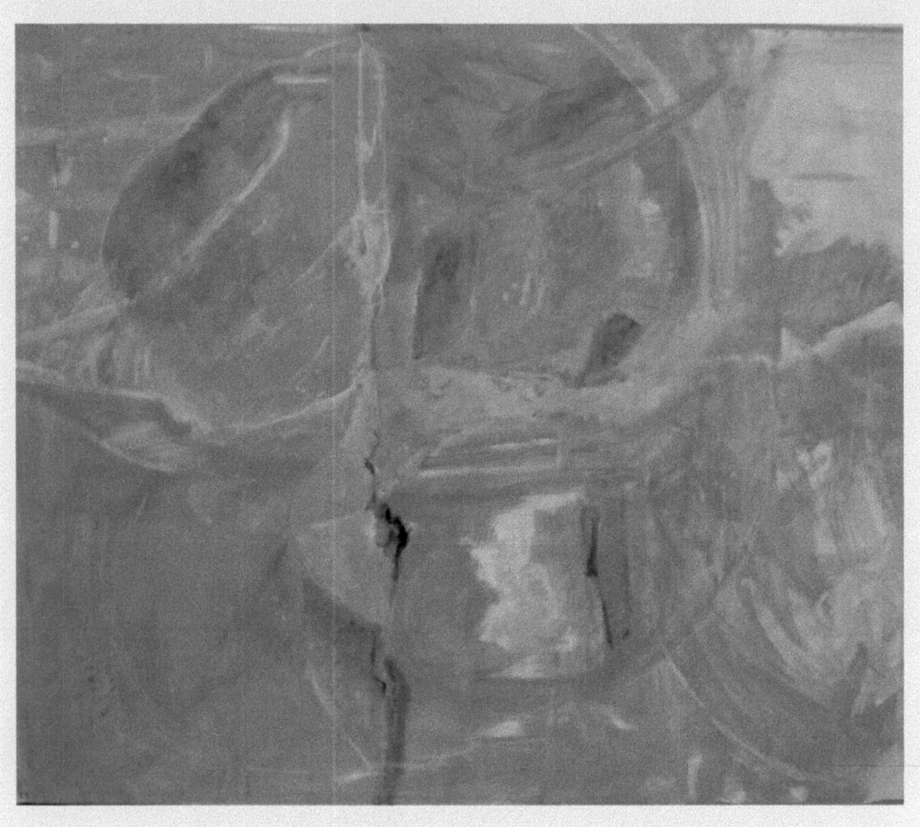

Als Dan seine Tätigkeit im Spital beenden musste, hatte die Familie zwei Kinder, einen Sohn und eine Tochter.

Sarah arbeitete fortan für den Unterhalt der Familie, Dan fand endlich zur Malerei. Er nahm Malkurse, und er malte wie besessen.

Seine ersten Werke waren Verarbeitung. Dan bekam eine Arbeit als Leiter einer Malgruppe für »Fragile Suisse«. Er arbeitete mit Hirntraumatikern.

Es war eine gute Zeit, für Dan selbst sowie für seine Schüler. Mit Begeisterung wurden Ausstellungen organisiert. Dans Schüler machten im Malen und auch gesundheitlich Fortschritte.

Das Malen wurde Dans Leidenschaft, erst war es Ventil, dann wurde es zu differenzierterem Ausdruck. Es entstanden Einzel- und Gruppenausstellungen.

Während dieser Zeit fühlte er zum ersten Mal, dass er seine neue Identität gefunden hatte, er trauerte nicht mehr so oft um Verschwundenes.

Es wurden erfüllte und spannende Jahre.

Zusammensetzspiel

oder

Der Kreis ist rund

12. Oktober 2008

Die Heirat, um die es an diesem Tag ging, sie fand an einem wunderschönen Herbstabend statt, auf dem Berg Ofer. Der Blick aufs Meer war betörend, die Sonne färbte sich, von goldgelb ins Rote gehend, bis sie am Horizont über dem weiten Wasser verschwand.

Ein junger Rabbiner hatte die beiden jungen Leute getraut, seine Worte waren eindrücklich. Alles war zuvor schnell vorbereitet worden, denn Sarah und Dan weilten bloss kurz im Lande Israel.

Sie besuchten ihre Tochter Rotem und wurden von der bevorstehenden Hochzeit überrascht.

Das Hochzeitskleid sowie der schöne Trauring waren erst tags zuvor in Tel Aviv ausgesucht und eingekauft worden. Der Schleier für die Braut war ein Familienstück der Urgrossmutter des Bräutigams. Nur wenige Gäste waren geladen, was in Israel sehr ungewöhnlich ist, doch Rotem und Yair wollten es unbedingt so. Dies gegen jegliche Widerstände der israelischen Verwandtschaft. Es war ein würdiges und kein lautes Fest.

Studiensemester in Haifa

Rotem begann ihr Studiensemester in der Universität Haifa im Herbsthalbjahr des Jahres 2006.

Es war ein Jahr in der zweiten Intifada und die Anschläge häuften sich übermässig im ganzen Land.

Dan und Sarah waren nicht glücklich über Rotems Wunsch, ihr Kunststudium in einem solchen Jahr der Wirren und grossen Bedrohungen in Israel zu ergänzen, doch Rotem war dazu entschlossen. So brachten die Eltern Rotem nach Israel, besuchten zusammen Freunde und Verwandte, fuhren zum Campus, wo Rotem im nächsten halben Jahr wohnen würde.

Dans Lebensretter vom Jom Kippur-Krieg im 1973 hatten sie suchen müssen, es war eine Detektivarbeit, ihn zu finden.

Seine Ehe war seit Jahren gescheitert, er war weggezogen von Haifa. Ein letzter Versuch, ihn zu finden, war ein Aufruf in einer Radiosendung in Israel, wo sich noch bis heute verstreute und verlorene Verwandte aus der Zeit des Zweiten Weltkrieges suchen. Diese Suche hatte Erfolg.

Dan fand Dudu, der in der Nähe von Tel Aviv in einem bescheidenen kleinen Haus lebte. Dan, Sarah und Rotem besuchten Dudu, aber danach auch seine geschiedene Frau mit den längst erwachsenen Kindern, einer Tochter und einem Sohn, Yair.

Als Dan und Sarah in die Schweiz zurückflogen, wussten sie, dass sie ihre Tochter in einem guten Netz von Verwandten und Bekannten zurückliessen und Rotem selbst war voller Tatendrang und Lust, all das Neue kennenzulernen.

Geschichtliches

1978 ist das Jahr des Friedensabkommens zwischen Israel und Ägypten. Sadat besucht die Knesset in Jerusalem. Israel zieht sich danach aus der eroberten Sinai-Halbinsel zurück – jetzt herrscht dort die IS.

1978 bis 1993 findet die erste Intifada statt. Darauf folgt der erfolglose Osloer Friedensprozess.

2000 bis 2005 erlebt Israel die zweite Intifada. Das Land erleidet fast täglich Attacken der Palästinenser und lebt in kriegsähnlichen Umständen.

2002 werden alle israelischen Siedlungen im Gazastreifen geräumt und den Palästinensern überlassen – heute herrscht dort die Hamas.

Der Mauer- und Zaunbau bringt mehr Schutz und Sicherheit für die israelische Bevölkerung.

2014 bis heute – die dritte Intifada ist angebrochen, mit Autoattacken und Messerstechereien, die oft tödlich enden.

Epilog

Diese Erzählung ist authentisch. Die Autorin hat mit Hilfe ihres Mannes Erinnerungen ausgegraben, lange Vergangenes, das bis ins heute wirkt.

Einfach war diese Aufgabe nicht. Der Umgang mit Vergangenem schien ihr jedoch gut so und auch das Weitergeben von Wissen darüber, was wirklich geschehen war, weiter an die nächste Generation.

Einigen Personen gab sie andere Namen, beliess jedoch jene von Protagonisten, die bereits verstorben sind. Historische und militärhistorische Hintergründe sind belegt, können aber fast überall detaillierter nachgelesen werden. Da die eigentlichen Quellen zum Teil hebräisch verfasst sind, werden sie hier nicht einzeln aufgeführt.

Dan und Sarah lebten lange Jahre in der Schweiz, gründeten eine Familie, bekamen einen Sohn und eine Tochter.

Das Ehe- und Familienleben war nicht immer einfach, viele Jahre waren die beiden hart am Ringen.

Dan kämpfte um seine verlorene Identität und die Neufindung dessen, was war. Sarah haderte mit dem Verlust eines geliebten Menschen und dem Akzeptieren einer neuartigen Person in der bisherigen Hülle.

So waren beide oft überfordert, und ihre Ehe schwer geprüft. Sie blieben jedoch zusammengeschweisst, durch ihre Kinder und ihre Geschichte sowie im Wissen, dass etwas Gutes und Starkes sie tief verband.

Die Geschichte, die in diesem Büchlein erzählt wird, trugen sie meist zu zweit. Einsam trugen sie sie durch all die Jahre hindurch, denn das Leben in der Schweiz ist anders, sehr anders als in Israel, oft dem Wohlstand zu nahe.

So verbrachten Dan und Sarah schliesslich, nach fast 40 Jahren Schweiz, weitere sieben Jahre in Israel.

Dan wurde erfasst vom Strudel des Landes seiner Herkunft, erfasst vom täglichen Bedroht-Sein, von den Nachrichten, von der Vergangenheit.

Doch zwischen dem Gestern und dem Heute klaffte eine tiefe Kluft. Sarah sehnte sich zurück in die Ruhe der Schweiz, die auch für Dan die ganzen Jahre hindurch Heilung bedeutet hatte.

Die beiden leben nun - da dieses Büchlein entsteht - in der Schweiz.

Die geschilderten Geschehnisse schrieb die Autorin für ihre Kinder, und inzwischen auch für ihre Grosskinder.

Bald wird sie auch der Vater der Grosskinder auf Deutsch lesen und verstehen können, denn auch ihn betrifft und berührt sie. Er, der Vater der Grosskinder, ist der Sohn von Dudu, dem Lebensretter …

Danksagung

Ich wünsche mir, dass die Leser durch diese Geschichte mehr verstehen, dass etwas nicht selbst Erlebtes auch kein wirkliches Wissen schafft.

Vielleicht lässt sie, diese Geschichte, den einen oder andern Leser, die eine oder andere Leserin, oder noch besser, all die Weltretter und Weltretterinnen, manchmal in Demut schweigen.

Dank sei meinem Ehemann, der zusammen mit mir die Erinnerungen ausgrub, meiner Tochter, die mich wieder und wieder ermahnte, alles aufzuschreiben, meinem Sohn, der als Erster das Manuskript las und mich ermutigte.

Grosser Dank gebührt auch Martin N., der das Manuskript in seine geübten Hände nahm und die Gestaltung erbrachte.

Judith Weintraub

Anmerkungen und Bildnachweise

Seite	Bilder und Quellen
5	Dan Weintraub, »Die Jakobsleiter« (Ausschnitt)
8	Dan Weintraub, »Ohne Titel«
12	Unbekannter Urheber (Familienbesitz), »Chana und Israel«
14/15	Victor Korniyenko., »Sabra« (Indische Feige), unter folgender Lizenz: https://en.wikipedia.org/wiki GNU_Free_Documentation_License
16/17	Judith Weintraub, »Landschaft in Israel«
18/19	»Strobilomyces« (https://commons.wikimedia.org/wiki/ User:Strobilomyces); veröffentlicht unter der Lizenz https://commons.wikimedia.org/wiki/ Commons:GNU_Free_Documentation_License,_version_1.2
21	Dan Weintraub, »Ohne Titel«
22/23	Provinzialat St. Franziskus der Thuiner Franziskanerinnen vom hl. Martyrer Georg, Kellinghausen 1, D-49584 Schwagstorf, »Ein Quellfluss des Jordan«
24	Veteranenverband[3], »Israelische Panzer rücken zum Suezkanal vor.«
28	Dan Weintraub, »Ohne Titel«
35	Mito-Verlag, »Zum Gedenken an Dudu«, »Dudu I. (1950 – 1973)«
36	Dan Weintraub, »Ohne Titel«
38/39	»Dialog«, Dan Weintraub, 2003
40/41	*»Simchat Thora« und »Die Blume«, Dan Weintraub, 2010 und 2004*

[3] Aus einer Gedenkschrift des Veteranenverbandes der israelischen Armee